詩集　Now and Then—HANEYUKIの詩集＊目次

カバー題字＝羽雪
雅号印＝金敷駸房

詩集　Now and Then

―HANEYUKIの詩集

who

残灯

眠りの沼から這い上がると
照明が瞼を照らす
「まだ　お店閉めてないんだぁ」
店に続く奥の部屋から
格子帯戸を通って漏れる光をみながら
ぼんやり思う
「もう　夜中なのに」

ヤオヤ　カナモノヤ　サカナヤ　コマモノヤ

街道沿いの店は
わたしが大人になるに併せて　やめていった
モチヤと呼ばれたこの店
うっすらと埃っぽい棚にならぶ袋菓子
買う人もいないのに
朝　一枚ずつ戸板を外し　店は開けられ
夕方　外した戸板がはめ込まれ　店は閉まる
日々を営み続けた

「おじいさん　おばあさん　どこ行ったの?

とうさん　かあさんは　どこ?」

「わたしが　閉めなくちゃいけないの?」

真っ暗な夜中の街道に　一軒だけ　店の灯り

とっくに　店も母屋も　ない
祖父も祖母も　父も母も　いない
夢が連れて来る光景に放り込まれ
わたしは　ひとり

残灯が　わたしを射る

こと

なくすこと
わかれること
おわること
ひとりになること
さけてはとおれないこと

おそれてはいけないこと
受け入れるワタシに変えていくこと
それができるのは
ワタシしかいないこと

ひこうき雲

冬の朝の空に　ひこうき雲
目的地に向かって飛ぶ飛行機が描いていった
なかなか消えない
細くのびている
明日は　雨かもしれない
ひこうき雲は　彼女だね

ゆらゆらゆれて
何もできない時ばかりに包み込まれている　と
哀しげに笑う

みんな　ひこうき雲を残して飛んでいる
人と人のつながる世界を
何ともわずらわしい世界を
悲しみにみちていようが
不安にみちていようが
彼女のひこうき雲は　彼女のもの

向こう側から空を見上げた人は
言っているかもしれない
虹のような　ひこうき雲だね

太陽が　光をふりかけた

影絵
～お姉ちゃんと妹とニワトリ～

東向きの窓にかかるレースのカーテンに
木々の枝が影絵になって映っている
ここは　時々　記憶のスクリーン

もじゃもじゃ頭のお姉ちゃんが
通り過ぎて行く
おかっぱ頭の妹が追いかけて行く
その後を
大きなトサカを持ったニワトリが

ついて行く

妹はいつもお姉ちゃんについて行きたい
ニワトリはいつも妹について行く
お姉ちゃんにとって　友だちと遊ぶのに
妹とニワトリは邪魔な存在
だから　追いつかれないように
妹を引き離し逃げ切る

妹は半べそで
ニワトリを抱えて来た道を引き返す

ニワトリは
妹が抱き上げるには　いささか重く大き過ぎる

立派なトサカと大袈裟なニクゼンと
鋭いクチバシを持ち
気にくわない人を追いかけ回す
妹は　ニワトリをそっとあお向けに寝かせ
胸の上に小さな手をのせ　何かをつぶやき
すやすやと眠らせる
大きなトサカを持ったニワトリが
催眠術にかかる

お姉ちゃんは
ニワトリに時々追いかけ回される
いつも置いてけぼりにされる妹の
敵《かたき》をとるのだ

今日も
遊び疲れたお姉ちゃんが帰るのは
家に明かりが灯るころ

時々

台風はそれた
西日本を太平洋側から日本海側へ抜ける

私たちは
七里ヶ浜の海を見ながらイタリアンを食べる

微細な無数の粒子に覆われた空と海は
光も音も手放して広がっている
波だけが地球のエネルギーに翻弄され

白い馬*を走らせている
次から次へ白い馬が走りくる

「あのころは……」と私たちは時々口にするけれど
今を見て　食べて　今を話す
だから　こうして　時々　会う

存在そのままで笑い　すね　華やかな少女は
同じ制服を着て　その対極にいる私の
隣に　よく　いた
そんな　ちっちゃな接点だけがあった
その接点は強力な接着剤でくっついていたのだろうか……
あの少女は　変わらぬ涼やかな目元を細めて
メニューを見ている

ふふふ
今も私の隣にいる
台風は　どのあたりだろうか
白い馬は走り続けている

＊　高田敏子「白い馬」より引用。

樹になる

ぼくのともだちは
いっぱいいる
ともだちは
そとにもいるんだ
きも　ともだちだ*

ボクはときどき　樹になる
ただ　そこに立ち　樹になる
それが　樹の入り口
髪の毛は天然パーマだから　葉っぱっぽい

腕をひろげると　枝っぽい
指は小枝　指先に実のなることもある
きょうは草原の中の一本の樹だ
この前は森の中の一本の樹だった
この次は街路樹の一本がいい
今　ボクが樹だなんて　誰も知らない
ぼぉっとしているボクがそこにいるだけだ
うまく樹になると　何かが真っすぐ貫きだす
呼吸だ　呼吸がボクをさらに樹へと深める
ボクが樹なのか
樹がボクなのか
大地と大空を繋ぐ樹だ　ボクだ
ふふっ　あったかいものが脈打つ
あぁ　鳥が巣を作り卵を産む

あぁ　虹がヒナの巣立ちを応援する
あっ　かあさんの足音　樹の出口

＊ 長男七歳時の詩。

さくらのしたで

さくらの花が終わります　散っています
上空にはたくさんの花びらが舞い
足元にはたくさんの花びらが落ちています
なのに　差し出した手のひらの上には
一枚の花びらも載らない
花びらが舞い飛ぶ中で　なんとちっぽけな手のひら
何度差し出しても載らない
振り返ると　そこにあなたも見当たらない

駆けだす肩先に花びらがゆれ
踏みこむ足で花びらがとぶ
あなたの姿を探す目の前に　薄墨色のベールがかかります

たしかに　あなたはいたのに
花びらの舞の中に　吸いこまれてしまったのですか

立ち止まり　目を閉じると
まぶたの上に　ひらりと一枚の花びら
あなたの声が聞こえます　勇気をもらった言葉の数かず
あなたの笑顔が見えます　確かめ合った表情の数かず
ほんのりと温もり　じんわりと染みこむ
この　穏やかなここに立っていることを感じます
幾多の歳月の中　春になれば咲くさくらの今を　知っています

あなたがくれた今を　生きていると気づきます

花びらの川が流れてゆきます

残さなければ　それぞれの今を
伝えなければ　この穏やかさを

いつのまにか　まぶたの上の花びらは　消えていました

指

眠れぬ夜を知らなかった私は
君が過ごしたこんな夜を思いやることすら
できなかった
月の光が淡く差す闇に
手をかざし
空中に置く
君も
不安を逃すため
こうして

指を大きく開いたのだろうか
未来を摑むため
指を握り締めたのだろうか

闇に白く浮き上がった私の指に
君の真っすぐ伸びた指が重なり
ほのかに温かい

月の光は闇の中に
大切なことの輪郭を浮き上がらせ
静かに問う
満ちてゆくのは　君と私の証

不安は不安のまま

涙は涙のまま
寂しさは寂しさのまま
過ごす夜を知る

when

昼下がり

雨の音
息づかい
温もり

雨は豊穣の恵み
息づかいは生命の証
温もりは平衡のよりどころ

雨の先は陽光

息づかいの先はまなざし
温もりの先はあなた
今日は通過点

沈澱

長い長い時が　止まっている
深い深い時が　澱んでいる
無気力と疲労の沼に
音もなく　確かな重みだけを感じながら
埋まってゆく
美しい言葉に出会わない
好きだったものを忘れてしまった
どうやって生きていたんだろう
なんて考えている

明日は……

NAZE

心は何も感じていないのに
涙が流れるのは　なぜ
心はいつもより平らなのに
哀しさに包まれるのは　なぜ
過ぎた日々と遠い未来が
ごちゃまぜになってしまったような一日の中で
いまの陽射しを浴びながら
近くにいるのに伝えない想いをころがす

言葉に何も込めてはいないのに
届けと願うのは　なぜ
言葉はいつもと同じなのに
響きに揺れるのは　なぜ
空っぽの引き出しと詰まった引き出しを
ごちゃまぜにしてしまったような一日の中で
いまの宝物を見つけながら
近くにいるのに伝えない想いをとりだす

クリームソーダ

無性に飲みたくなるときがある
気泡の少ない炭酸
濃厚さの足りないバニラアイス
人工的なメロン色

勝負しようとしない気怠さが
躍起になって火照った血に流れこむ
中途半端な甘さが

空虚な気持ちの中を通りぬける

飛行機が置いていった雲
引き出しの隅っこの玉虫
雨上がりの路地に佇む黒猫
…………………………
こぼれ落ちた時間をひろい集め
カラになってゆくガラスのコップに注ぎこむ

トロトロになった液体が
体の芯を流れ　丹田におさまる

夏

父と息子が
テーブルはさんで
向き合って
顔つきだして
よく熟れたすいかに　かぶりつく
その一瞬の目の動き
頬のつり具合い
唇からのぞく歯の白が
赤に触れ　飛び散るしぶき

スローモーションのように
輝きうつった
人生は　こんな点のつながり
幸せも点なら　不幸せも点
今も点なら　過去も点
瞬間という点に　魅せられた夏

夏が来たのに

太陽の光が溢れ
空気の密度がぐんぐん増し
水がきらめく季節
肩を出し　腕を出し　足を出し
女たちは夏に跳ね　夏に躍る
熱せられたアスファルトから立ち上る靄に淀む空気
時は行き場を失ったようにここに遊ぶ

夏に飛び込み

時と遊び
人の肌のぬくもりに
人の言葉のやさしさに　溺れたい

確かにそこにあるもの
その先のものも見えるのに
透明な闇に囲まれてしまった
行き場のない時に立ち尽くす

夏に跳ねたい
夏に躍りたい

夏のはじめ

しおれアジサイの花たちがこうべを垂れて
激しく降る雨を待つ

雨粒が葉っぱを連打しだすと
ゆれて　ゆれて
はずんで　はずんで
一斉に踊りだすアジサイの花たち

雨に　Ｔｈａｎｋ ｙｏｕ　♪

今を踊ろう　♪
みんなで踊ろう　それが好き　♪
我が家の庭の　小さな夏のはじめ
窓の中の人！　さぁ一緒に踊ろう！
えっ？
夏のはじめ　雨

私たちの夏

「すみません　ここから行ける海岸で
おすすめのところありますか」
初めて降りた駅で駅員さんに尋ねた

あの時から
ここは　私たちの海岸になった
時の流れは私にだけ歳を積むけれど
8月の海に
Tシャツで入った若さは　まだ　ここにある

濡れた服を体ごと乾かす無茶を
苦笑いした二人は　まだ　ここにいる
海風が揺らす太陽の光が
閉じた瞼の裏にあの夏を連れてくる

残像をのこして
余韻をのこして
私たちの夏は終わらない

時

太陽に熱せられた大地は
そのエネルギーを持て余し
地上に放置する

蟬も鳴き止んだ昼下がり

手にしたアルバムをめくる
過ぎた時の中の数々の笑顔

放置されたエネルギーの悪戯なのか
目覚めの中なのか
眠りの中なのか
交じりあう時にまどろむ

蚊取り線香の先端の赤から生まれる煙が
夕暮れの風に遊び
今日という時が終わる

暑い暑いと誰もが口にするこの夏も
過ぎてゆく

時の間《あわい》

未来

蚊取り線香の火が
渦巻きの灰になり
そこに　形を残してゆく
ただ　見ている夏の夕がた
熱さを少しだけ我慢して

1センチ先の時間を
止めてみる

まど

あさのしあわせ
はじまりの　よかん
ゆうがたのしあわせ
おわりの　あんど
よかんとあんどのくりかえしを　いきる

わたしのちいさなまどのくもは　かたる
わたしのちいさなまどのかぜは　なく

きょうも　まどをあけ　まどをしめる

カギ

ひとつひとつ閉じてゆく　開けることのできた扉
夜明けの星が　カギを持ち去るのか
太陽はのぼり　太陽はしずみ
カギの消えた扉は　永遠に閉じる
そっと　たしかめてみる

今　持っているカギの数を

朝

＊

太陽が夏の街を作り上げる　ほんの少し前
街には　まだ　涼しい風があり
熱をもたない空気があった
短い命の終わりを知ってか
蟬の鳴き声に　いちずさが増してきて
夏の一日が始まる

＊

息づくものの体温が　手のひらを通して　血液に流れ込む
息づくものの視線が　見つめ合う目に注がれ　脳に流れ込む
息づくものの声が　鼓膜を揺らして　気持ちに流れ込む
眠りにオブラートされて迎えた朝
迷いのない朝
輪郭を包み込む空気が　存在を許してくれる朝

＊

左の肩から来た人は　そっと肌に触れ
コーヒーカップから立ち上る湯気のようだったけど
重みと輪郭があった
おかえり？
…………
特別な夜は　壊れやすいから　眠りの底に閉じ込めて　朝

雨滴《うてき》

人は心に雨を降らせ　雨は人の心をはぐくむ
ビルの一室の窓から見下ろす小学校の校庭は
一面の水たまりになっている

「今から名前を呼ぶから　呼ばれた人は音楽
クラブに入ってもいいぞ　希望者は授業が終
わってから言って来るように　分かったな」
音楽の先生が話してる
音楽は苦手　だから　呼ばれるはずはないと

思いながら　でももしかしたら　少女は一縷《いちる》
の望みを押し殺すように窓ガラスに目をやり
ポツポツとくっついていく雨滴の行列を見る

「どうする？　入る？　入ろうよ！」教室の
あちらこちらから聞こえてくる容赦のない声
あぁ　雨滴が一粒　また一粒　ツゥーゥーと
滑り落ちる

呼ばれなかった名前は　少女のほか四、五人
呼ばれた人は必要な人　音楽の先生は嫌な人
取り残された寂しさは降る雨に閉じ込められ
深いところに棲《す》みついた　やがて　少女の中
の重りになる　自信のなさにそっと寄り添う

雨滴のかたちのしるべを味方に　道を歩む

人は心に雨を降らせ　雨は人の心をはぐくむ
窓の向こうの暮れゆくまちは　雨滴に滲んで
揺らめく　ユラユラ　ユラユラ　ユラユラ

記憶は時とともに薄れるものだけじゃない
鮮やかさを増してゆくものもある　あの時の
少女は鮮やかな記憶に負けない大人になった

雨滴は　涙のかたちなんかじゃない
いつか　晴れ

where

秋のかけら

狭山丘陵の秋を
家に　飾る

ハナミョウガの実
スズメウリの実
ウメモドキの実
クサギの実
マユミの実

彩の秋を　小さなガラス瓶にさす
丸い秋を　リースに盛る

自然の流れのひとかけらを
分けてもらい
人の秋は豊かさを増す

選択

大きな選択から
小さな選択まで
選択の連続

選択に疲れたら
海にいこう
波音につつまれよう
風が通り過ぎる
波が寄せる

風が強く吹く
波音が大きくなる

選択に疲れたら
太陽のほうをむこう
陽射しにつつまれよう
風が通り過ぎる
緑が揺れる
風が強く吹く
木漏れ日が降り注ぐ

選択に疲れたら
空をみあげよう
雲ひとつない晴れ上がった空の下

風が通り過ぎる
ふと　苦笑い
雲のない空の居心地わるさ
雲をひとつ
風が運んで来たら
帰ろう

緑の中

緑の中の小さな駅のホームで
次の電車を待つ

湧き上がる雲を見上げる君が
蝶のように飛んでいってしまいそうで
思わず手をつなぐ
年を重ねる度　君は年月をそぎ落としてゆく

鼻先に空をのせ瞼を閉じる君が

風とともに舞っていってしまいそうで
思わず話しかける
心を重ねる度　君は透明になってゆく

緑の中の　今　かけら

緑の中の小さな駅のホームに
そろそろ電車が来る

ずっと遠くにある

あのビルの屋上は
なにやら楽しげな空中遊園地
子どもの夢　乗せて
まわる　まわる　メリーゴーラウンド
大人に夢　思いださせて
まわる　まわる　観覧車
同じ思いをふくらませる人が
ずっとそばにいてくれることは
あたりまえのようで奇跡的なこと

あのビルの屋上は
なにやら楽しげな空中レストラン
お子様ランチの旗の国を知ってゆく
子どもの未来
アルコールでその日をやわらげる
大人の明日
珈琲豆にゆったり湯を注ぐ
さやえんどうの筋をていねいにとる
あたりまえのようで非日常的なこと

時を見失うとすべてがこぼれ落ちる
楽しげな時のかけらを拾いたくなる

あのビルの屋上は
なにやら楽しげな空中楽園
足元から空
雲は友だち
朝
イルカになっておひさま連れてやって来る
昼下がり
ネコになって一緒にお昼寝
日暮れ
キリンになって星をちりばめ帰ってゆく

おやすみ
子どもも大人も
同じ空のなか　同じ時のなか

今日という日の宝箱

栞

雨の匂いを連れて夕暮れの空気が忍び込む店の中で
手のひらの上の小さな枡は檜の香りを漂わせていた

水にはぐくまれた城のまちのお堀沿いを歩く
おみやげは　この小さな枡

あの時　足元の落ち葉を拾ったのは　記憶の栞
枡に詰めこんだ時間の見出し

夏の朝

その宿場町の水路は
移りゆく刻を水面に映し流れている

たおやかな水音につつまれて
ささやくように　咲く
梅花藻《ばいかも》*

夜の涼を残す水路沿いをゆけば
水のながれのまま　水中に漂う藻に

時　ほどけ
水のゆらぎのまま　群れ咲く花に
心　ゆだね

あるがままの　いま

梅花藻のささやきが
魔法をかける
夏の朝

＊　梅花藻　キンポウゲ科の淡水植物で、梅の花に似た白い小さな花は、７月下旬～８月下旬にかけて見頃を迎えます。この水草は、水温14度前後の清流にしか育たず、全国でも生育場所が限られています。滋賀県醒井の地蔵川で会えます。

卯の花色のとき

あのときの色の中へ戻ることは
あのときの私の中へ帰ること
あのときのぬくもりの中に潜ること

平兵衛さんの診察室は卯の花色

平兵衛さんはこの地代々のお医者さん　具合
が悪いと「平兵衛さんに診てもらいましょう」
と言われて　樹木に囲まれた広い庭の隅に建

つ茶室のような診察室に行く　枝折戸《しおりど》を開け
飛び石を踏み外さないように進み　縁側から
平兵衛さんに挨拶をして上がり込む　平兵衛
さんはたくさんの本の中に座っている　鴨居
にはお相撲さんの肖像画が何枚も飾ってある

いくつのわたしなんだろう　母と並んでちょ
こんと座っているのは　胸に当てられた聴診
器からは何が聴こえるのだろう　きっと私の
心の中の音まで平兵衛さんに届いているに違
いない　背中に当てられた皺深い手での打診
の振動は私の芯にまで響いていたのだから

注射針が並んだケースを開け　針を選んでいる　アンプルの細くなっている首にきゅっきゅっと鑢《やすり》をあててぱきっと折る　針を付けた注射器に液は吸われ　お相撲さんのほうに向けられて　一滴　診察室の空間に押し出される　残りの薬液は私の体の中に注ぎ込まれ　枝いっぱいの卯の花の下　診察室をあとにする　家業の商売で忙しい母と出かけるのはこの時くらい　離れないようにと纏《まと》わりついていてもいい　病気だから

平兵衛さんの診察室は卯の花色のおもいで

あのときの色が今も満ちてくる

自分の居場所を確かめる儀式を
明日へ繋ぐ呪文にして

short

ひとりごち

夏の早朝北鎌倉へ
レンタサイクルを必死にこぐ人をみた

耳の中に心臓が入り込んだのかと思った
突発性難聴だった

海の波は風が作ると思っていた
地球のエネルギーの波動と教えてくれた人がいた

余命でアバンチュールを楽しんだ男
身繕いの品々を山ほど残していった

パパとママはじっくり名前を考えてたよ
昇大くん　人生にようこそ

〔あなたが思うよりも世界はもっと素敵よ♪〕*
大好きな歌を贈るよ

＊　open　up　五島良子歌から引用。

憧れの古民家に泊まった
歴史の匂いにまんじりともせず朝になった

バスに揺れながらイチゴを想う
手に持つ箱にはモンブランとミルフィーユ

何ものかになりたかった
なれなかったことを受け入れる葛藤

ワタシはワタシをジャッジしない
ワタシはワタシだから……

時々忘れてしまう
自分の解放　自分の安らぎ　自分のこと

大事なことのために貯めてきたお金
大事なことのために使う時が来た62（sixty-two）

医者が言った
この薬を飲んで治らなければずっと付き合ってください

生きるって　呼吸ができてるって　こと
生きるに〝まとめ〟なんて　ない

重要なのはチャンスをつかむこと
もっと重要なのはチャンスを見逃さないこと

いずれ人生は時間つぶし
その方法をいっぱい集めてワタシに収納

電気はつけず
晩夏の夕暮れ

夏が名残惜しそうに去ってゆく
窓辺で見送る

夕暮れが刻々と早まり
がんばったな　夏

9月はさびしい月だったけど
君が伝えてくれた　けーちゃん　ボクがいるよ

眼心結果
あなたは細胞にお給料を支払っていないブラック企業です

たぶん
ワタシは移動が好き

あとがきにかえて　～HANEYUKIはここから～

羽雪（うせつ）は、書での雅号です。「余白の光という意味だよ」と金敷駸房先生が、私に付けてくださった名前です。名前に解放されるってあるんですね。新しい自分を意識した瞬間でした。

羽～HANE～のごとく、雪～YUKI～のごとく、舞うHANEYUKI。

ここに、初めての作品集『HANEYUKIの詩集』を編みました。

二〇二四年八月

HANEYUKI

著者略歴
HANEYUKI（はねゆき）
岡野佳子

1959年　東京生まれ

日本詩人クラブ会友
「むの会」同人

「卯の花色のとき」第24回伊東静雄賞佳作
「夏」「沈澱」第3回武蔵野文学賞入選

現住所　〒208-0021　東京都武蔵村山市三ツ藤1-50-27
@haneyuki-shoten

詩集　Now and Then
―HANEYUKIの詩集

発行　二〇二四年九月十二日

著者　HANEYUKI
装幀　直井和夫
発行者　高木祐子
発行所　土曜美術社出版販売
〒162-0813　東京都新宿区東五軒町三―一〇
電話　〇三―五二二九―〇七三〇
FAX　〇三―五二二九―〇七三二
振替　〇〇一六〇―九―七五六九〇九
DTP　直井デザイン室
印刷・製本　モリモト印刷
ISBN978-4-8120-2860-5　C0092